LA GALLINITA ROJA

MIRASOL / *libros juveniles*

Farrar, Straus and Giroux

New York

Margot Zemach

Traducido al español por Aída E. Marcuse

LA GALLINITA ROJA

·UN VIEJO CUENTO·

Para mis gallinitas rojas

Abigail, Addie, Anat, Arisika, Aviva, Betty, Bobbi,
Carol, Charlotte, Clara, Ella, Elizabeth, Ethel, Frances,
Gina, Hannah, Helen, Jan, Jeanne, Kaethe, Kenar, Leigh,
Lois, Lotte, Marilyn, Mary, Mertis, Odette, Peggy, Penny,
Ruth, Sharon, Siri, Sonya, Sue, Toni, Tish, Ursula

Original title: *The Little Red Hen*
Copyright © 1983 by Margot Zemach
Spanish translation copyright © 1992
by Farrar, Straus and Giroux
All rights reserved
Library of Congress catalog card number: 92–6172
Distributed in Canada by Douglas & McIntyre Ltd.
Printed and bound in the United States of America
Mirasol edition, 1992
Mirasol paperback edition, 1998
3 5 7 9 11 10 8 6 4 2

Había una vez una gallinita roja que vivía con sus pollitos en una pequeña choza. Le costaba muchos esfuerzos mantener bien alimentada a su familia. Por las noches cantaba mientras seguía trabajando.

Un día la gallinita roja caminaba por el campo con sus amigos la oca, el gato y el cerdo cuando encontró unos granos de trigo.

—¿Quién plantará este trigo?—les preguntó.

—Yo no—dijo la oca.

—Yo no—dijo el gato.

—Yo no—dijo el cerdo.

—Entonces lo plantaré yo sola —dijo la gallinita roja.
Y así lo hizo.

Una mañana la gallinita roja vio que el trigo verde
había brotado.

—¡Oh, vengan a ver crecer el trigo verde!—gritó a
sus pollitos.

Durante el verano el trigo creció más y más alto. De verde pasó a dorado y por fin llegó el momento de cosecharlo.

—¿Quién cosechará este trigo?—les preguntó a sus amigos la oca, el gato y el cerdo.

—Yo no—dijo la oca.

—Yo no—dijo el gato.

—Yo no—dijo el cerdo.

—Entonces lo haré yo sola—dijo la gallinita roja. Y así lo hizo.

Por fin tuvo todo el trigo cortado y llegó el momento de trillarlo.

—¿Quién trillará este trigo?—les preguntó a sus amigos la oca, el gato y el cerdo.

—Yo no—dijo la oca.

—Yo no—dijo el gato.

—Yo no—dijo el cerdo.

—Entonces lo haré yo sola—dijo la gallinita roja. Y así lo hizo.

Por fin todo el trigo fue trillado y la gallinita roja echó los dorados granos en una bolsa, lista para llevarlos a moler al molino.

Al día siguiente la gallinita roja les preguntó a sus amigos la oca, el gato y el cerdo:

—¿Quién llevará este trigo a moler al molino?

—Yo no —dijo la oca.

—Yo no —dijo el gato.

—Yo no —dijo el cerdo.

—Entonces lo haré yo sola—dijo la gallinita roja. Y así lo hizo.

Al día siguiente la gallinita roja les preguntó a sus amigos la oca, el gato y el cerdo:

—¿Quién horneará una hermosa hogaza de pan con esta harina?

—Yo no—dijo la oca.

—Yo no—dijo el gato.

—Yo no—dijo el cerdo.

—Entonces lo haré yo sola—dijo la gallinita roja. Y así lo hizo.

Por fin, cuando el pan estuvo horneado, la gallinita roja les preguntó a sus amigos la oca, el gato y el cerdo:

—¿Quién se comerá esta hermosa hogaza de pan?

—¡Yo!—dijo la oca.

—¡Yo!—dijo el gato.

—¡Yo!—dijo el cerdo.

—¡Oh no, no la comerán!—dijo la gallinita roja—. Yo encontré el trigo y lo planté. Lo cuidé mientras crecía y lo coseché. Lo trillé y lo llevé a moler al molino. Y al final con la harina hice esta hermosa hogaza de pan.

—¡Y ahora—dijo la gallinita roja—también la comeré yo sola!

¡Y así lo hizo!